KB184813

바람의 그림자

바람의 그림자
한숙희 시집

초판 인쇄 2025년 02월 15일
초판 발행 2025년 02월 20일

지은이 한숙희
펴낸이 신현운
펴낸곳 연인M&B
기 획 여인화
디자인 이희정
마케팅 박한동
홍 보 정연순
등 록 2000년 3월 7일 제2-3037호
주 소 05056 서울특별시 광진구 자양로 73(자양동 628-25) 동원빌딩 5층 601호
전 화 (02)455-3987 팩스 (02)3437-5975
홈주소 www.yeoninmb.co.kr
이메일 yeonin7@hanmail.net

값 12,000원

ⓒ 한숙희 2025 Printed in Korea

ISBN 978-89-6253-589-1 03810

바람의 그림자

한숙희 시집

그림자도 없는 바람 내 영혼 전체 속에서
말도 없이 흔적도 없이 하나 되어 사랑 나누며
젊은 마음으로 살아간다

바람의 그림자

연인M&B

바람은 햇살이 생명이다.
저 수평선 끝자락에서
갈대 잎은 힘차게 흔들리고

그 그림자는 오늘도 희망을 안고
힘차게 달리고 있다.
바람의 그림자는 미수(米壽)에 젖어
인생의 생애를 노래해 보았다.

어줍짢은 산수가(山水歌)를 불러 보았으니
미쁘게 보아 주세요.

을사년 정월 시작의 첫날 보람 산장에서
보람 한숙희

| 차례 |

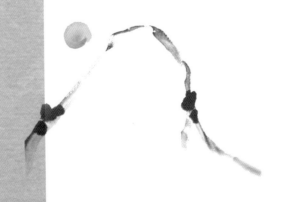

2부 땅 地

4부 자연 自然

1부

하늘

天

구름 여행 1

파란 하늘에 하얀 구름은
하늘의 천사인가
너울너울 구름에 달 가듯이
웃음꽃으로 춤추며 살아가네

천상의 꽃 마음도 고와라
내 마음의 꽃이 되고파
오늘도 너만 보고 산다

구름아 날아라 내 마음까지
두둥실
두리둥실 한마음 되어
구름 타고 인생 여행 떠나리라

복숭아 | 35×34cm | 2008

하늘의 은혜

비 온 뒤 삼라만상은 싱그럽고
산사에서 커 가는 생물들도
햇빛을 먹고 살기에 생기가 있고

생명이 있다는 것은
더욱 생기가 돌고
나름대로 움직인다는 것

하늘은 모든 생명을 거느리고
물을 내려 주기에
생물들은 신바람 속에 살아간다

가정을 위한 기도문 | 30×53cm | 2008

하늘의 웃음꽃

파란 하늘에 하얀 구름 너울거리고
갈바람이 붉어져 가는 잎새 살랑거릴 때
우듬지 끝자락에서 손짓하는 빠알간 홍시

늘어진 가지마다 주렁주렁 한 핏줄 되어
살바람에 흔들리지 아니 하니
감꽃 피어 잎새 사이에 웃고 있는 홍시

흔들리지 아니 하고 붉어지는 열매 있을까
오늘도 산까치 넘실대는 감나무 꼭대기에
섧게도 찬바람 사이 반달로 남은 까치밥 홍시

우주 만물은 존재 가치에 있다
-시작

태초에 빛이다
하늘과 땅 사이
흙으로 형상화된 사람
바람에 의한 생명의 소리
아름답게 피어난 온 누리의 향기
홍해 바다의 푸른 물결
시작은 빛이다

태초에 빛이 떴다
하늘과 땅 사이 인간이 살아갈 궁창
사이 —
남녀가 사랑을 만들어
시기와 질투와 오욕칠정에서
사느냐 죽느냐의
시작은 하늘이다

소나무 | 46×69cm | 2008

정지용 시 〈향수〉 | 21×39cm | 2004

빌딩 숲에 묻힌 도시의 달

산을 넘고 넘어
한 고개 넘어와도
가야 할 길이 없어
드높은 건물 사이로
고요한 밤에 스치는 달이여

낮달은 쓸쓸하고 보는 이 없어
대낮을 쓸쓸하게 보내고
소리 없이 깊은 밤을 지키는 그대여

외로움을 달래고
골목길에 웃음을 던져 보아도
온 누리 빌딩 숲속에
오늘도 휘영청 늘어진 달밤에
아쉬움 남기고 숨어 사는 고독한 달이여

울어라 조각달
숨어라 반달이여
날빛 보고 사노매라

부처님 오신 날

몇 천 년 전 세상에 오셨다
큰 궁궐을 버리시고
중생 제도하러 오셨다

겸허하게 고개 숙여 전하고
관욕시키며 내 맘도 씻어야 했다

씻겨도 씻겨도 우리들의 때는
벗겨지지 않는다

날 저물어 가는데
종일 두 손 모아 기도하는
마음만 바빠라

저문 해 바라보며
날마다 오늘처럼
우리들도 세계인도
두 손 모아 합장하리

가던 길 멈추고
다시 두 손 모아 기도한다

水流花開 | 60×35cm | 2008

장마

땡볕 불볕이 스치고
지나가는 한여름 날

여우비 저 바라기에
무지개 빛살 다리 놓아
구름안개에 젖어
빗물 고이더니

빗발치는 빗줄기에
산 자락 길 무너지고
집도랑 길 하나 되니

몇 날 며칠
여우비의 눈물인가
장마에 젖어 든다

빛

파란 하늘에 구름 사이로
오색찬란한
무지개가 피어나니
하늘이 열리는 날
온 누리는 밝은 빛으로 열린다

장마가 끝나는 그날
대지 끝자락에 피어나는 빛살
오늘도 환한 웃음꽃으로
사람들의 마음 문이 빛으로 열린다

물길 끝자락에 생명수 부어 주니
누리에 웃음꽃 피어나고
하늘은 해맑은 세상 피어나니
삼라만상의 기상이 빛으로 열린다

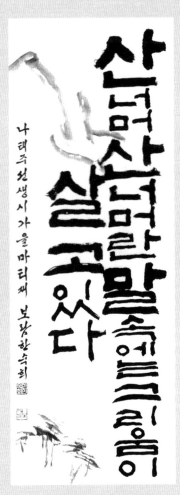

나태주 〈산 너머〉 | 135×48cm

구름 여행 2

파란 수평선
흰 구름 위에
내 마음을 싣고 여행을 떠난다

한 마리 노루를 친구 삼아
금방 사이에 토끼 손잡고
늘 푸른 바다 위를 달려 본다

금붕어도 놀고
잠자리도 구름을 타고
해님이 방긋 웃는 청정한
구름 아래 세상 사람 구경 간다

기나긴 날
밤이면 은하수에 젖어
토끼하고 계수나무 아래에서 떡방아도 찧고
반달 쪽배 타고 가기도 잘도 간다
지구촌 하늘 여행
달님도 별님도 웃고 있는 하늘 구름 여행

2부

땅

地

길 위에서

수평선 너머
하늘 끝자락이 보이고
내 눈앞에 보이는 하 많은 삶의 부스러기들
종점은 풀밭 아래 물 고인 황톳길

생명선은 하늘에 매여 달고
오늘도 걷는다
언젠가는 가야 할 길이기에
바람 따라 가고 있다

인생 끝자락에서 가야 할
우리네 인생
잉큼잉큼 갈림길을 가야 할
종점은 아니 갈 수 없는 길이어라

마당에 꽃이
많이 피었구나
방에는
책들만 있구나
가을에 와서
꽃씨나
가져가야지

보람한숙희

꽃씨와 도둑 | 35×70cm | 2006

32

학교 가는 길

꾸불꾸불 오솔길
그리운 고향 길
학교 가는 길 바래다 주신다고 따라오신
어머니

교문이 보이면
순간, 학교 종이 땡땡땡 울려
시작할까 봐 인사도 없이
신발 들고 뛰는 모습 보며
저 멀리서 손짓하는 어머니

아쉬운 눈빛으로
손을 저으며 인사를 해도
마냥 손을 흔들며
웃고 계신 어머니

지금도 그 자리에 계실까

그리워라 학교 가는 길

수평선 위 물안개 피어날 때

출렁이는 물결 위에
물안개 피어나고
동해의 햇살에 무지갯빛 영롱하여라

두루마리로 산에 오르는 물 초롱들
해맑은 햇살로 오색 무지개 물들고
맑은 물로 씻어 내리는 세상사들
오늘도 한마음 씻어 내듯 고운 마음 되어라

꽃과 물

물은 생명수
목마를 때 적셔 주고
힘이 없을 때는 생명수이어라

꽃이 목마르다고
하늘에 손을 흔들면
값도 없이 생명수가 흐른다

꽃은 향기로
하늘에 인사를 하고
서로 사랑을 나누며 산다

수선화 | 34×47cm | 2005

불광천을 걸으며
—벚꽃

물그림자 젖어 드는 봄빛
새아씨 화장하듯
싱그러운 꽃 내음
오늘도 걷는다
인생길의 한 자락을

꽃바람 우듬지 타고
해맑은 물빛에 젖어 드니
하얀 그림자
내 가슴에 봄바람 되어
세월 따라가는 불광천에서

매화꽃 졌다 하신
편지를 받자옵고
개나리 한창이란
답장을 보내었소
이 둘다 봄이란 말을
차마 쓰기 어려워서

노산선생 봄 한숙희

노산 〈봄〉 | 42×45cm

산길

걷는다
천천히 걸어 본다
예전에 뛰어서도 다니던 산길
지금은 천천히 걸어도 힘들다

목적지는 정하지 않고 걷는다
어디든지 내가 멈추었다
다시 돌아오는 길이 목적지가 된다

이제 제비꽃이 피고
그다음 날엔 진달래 다음엔 벚꽃도 피겠지
산벚꽃 산목련 피어나는 산

길이 있어도 산길로 가고 없어도 간다
산에서 즐겁게 가면 모두가 산길이다
오솔길, 둘레길, 산등성길, 모두가 산길이다

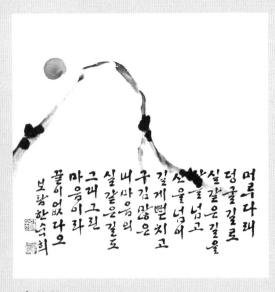

머루다래
덩굴길로
실길은 길을
안고 넘고
소울 넘어
안고 길을
길게 뻗치고
구김 많은
내 사람의
실같은 길도
그래 그린
마음이라
끝이 없다오
보람 한 속히

산 ǀ 33×33cm

바람의 그림자 1

하늘이 만들어 준 바람
오늘도 그 속에서
생명수로 알고 숨 쉬며
자연을 사랑하며
철 따라 살아간다

그림자도 없는 바람
내 영혼 전체 속에서
말도 없이 흔적도 없이
하나 되어 사랑 나누며
젊은 마음으로 살아간다

가슴이 넓은 바다여

바다는 가슴을 뛰게 하는
먼 수평선이 있다

불러 보고 싶고
가까이 가고 싶고
언제나 꿈이 있고
희망이 있어 좋다

세월이 흐르면 파랗게 멍들어 있고
길이 멀면 태평하게 쉬어 가고
막히면 천천히 넘어가고

가슴이 넓어
세월도, 미움도, 힘드는 것도
다 안고 간다

영원히 사랑하고 싶은 바다여

얼음

한 방울 두 방울 떨어져
하나가 되듯이
하얀 거울에 하나 되는 물빛은
변함이 없고 색깔이 없는
영원한 물이려니
너의 굳은 지조를 누가 막으랴

주기도문 | 31×39cm | 2008

그림자

내가 걸어온 길
걸어가야 할 길
바쁜 길 먼 길
피하려 해도 피할 수 없어
내가 가는 길마다
나의 동반자여

흐리한 곳
정확하고 뚜렷한 곳
가야 할 곳도 많은데
그 길 위 모든 것이 동반자여
뿌리쳐도 사라지지 않는
큰 그림자 나의 동반자여

3부

사람

人

어버이 살아 실제

사면이 고요한 시간인데
깊은 밤 숨소리 멈추고
소리 없이 어이 넘겼을까요
바람마저 멈춘 지붕의 어버이

정말 기척도 없이 꺼져 버린 불빛
하늘이 무너지고 땅이 흔들릴 때
통곡의 소리 어이 그쳤을까요
잡을 수도 없는 감각으로 떠난 어버이

살아 실제 손목 잡고 가시는 길 안내할 걸
어이하여 가슴 메임을 이제 알았으랴
천만리 머나먼 길 어이 갔을까요
발걸음도 소리 없이 떠나 버린 어버이

진도아리랑

만경창파에 두둥실 뜬배야
어기여차 어여다여 노를저어라
아리아리랑 서리서리랑 아라리가 났네
아리랑 응응응 아라리가 났네

보람 한석희

진도아리랑 | 69×44cm

50

한 지붕 웃음소리 1

초가 끝자락에 참새들 노랫소리
동해 햇살이 대문에 번질 때
며늘아가 웃음으로 한 날이 열리는구나

너른 마당 한 울타리에 꽃이 피면
까치 한 쌍 사랑의 노래 들릴 때
우리 집 식솔들의 웃음꽃 피어나는구나

하늘에 하얀 구름 너울너울 춤추고
어화둥둥 내 사랑 향기 날릴 때
한 지붕 웃음소리 온 누리에 퍼지는구나

往古師住堂
來今淑姬今
往來古今同
新舊一如今

옛적엔신사임당이게와선
속희여사예나지금같으니
새것옛것하나라오
심재동선생축시를쓰다
무자년 한숙희

심재동 신생 축시 | 45×69cm | 2008

52

친구의 선물

모자를 선물 받았다
참 예쁘고 좋다
이 모자를 쓰면 즐거운 날이 되고
친구가 보면 더 좋아하겠지

오늘은 모자에 예쁜 리본을
더 예쁜 모자가 되어
외출하고 싶어진다

모자를 쓰고 나서니
나를 쳐다보고 웃음을
공주가 나타난 것처럼
기쁜 외출이었다

친구야 고맙다

가는 세월

흘러가는 시간을 잡을 수 없고
스쳐 가는 세월 그 누가 멈출 수 있나
흘러가는 물을 막을 길이 있으랴

봄이면 꽃을 보고, 여름이면 땡볕 속에
가을이면 생명의 열매, 겨울은 삶의 보금자리
바람 따라 가고, 구름 따라 가는 것을
어이하여 멈출 수 있단 말인가

보아라, 인생살이 원망한들 소용없고
뛰어라, 짧고도 기나긴 숨길 끝나면 그만이려니
불러라, 세상사 소리 없으면 메아리로 끝나고

눈빛도, 움직임도, 소리도, 가는 세월을 어이할꼬

墨竹 | 60×35cm | 2005

꽃 그림자

하늘에서 꽃향기로
그림자 되어 물빛에 젖어 있네요

강 건너 노루 샛별 바람에 날고
옹달샘에 버들가지 그림자 춤추네요

오솔길 자락에 불어오는 꽃바람
벌 나비 불러 한 여울로 노래하자네요

발길 따라 걸어온 수평선의 꽃 그림자
수평선 위 나비 되어 너울너울 웃음꽃 피네요

사랑

사랑은 말없이
그리움으로 피어나고
사랑은 행복에서
꽃으로 피어나고
사랑은 소리 없이
마음속에서 피어나고
사랑은 어디서나
조건 없이 주어야 하고
사랑은 멀리 있어도
사랑이어야 한다

지를길묻기에
대답했지요
물한모금달라기에
샘물떠주고
그러고는인사하기
웃고받았지요
평양성에해안뜯대두
난모르오
웃은죄밖에

김동환선생시웃은죄
보람한숙희

웃은죄 | 42×66cm | 2005

말의 웃음꽃

아가의 볼에 피어나는 사랑
내 마음에 젖어 들고
옹알옹알 노랫소리
엄마 얼굴에 피어나는 웃음꽃

웃음꽃이 피는 식솔들의 말
한 집안에 사랑의 향기 되고
주고받는 눈빛에
한 지붕 행복으로 피어나는 웃음꽃

아버님, 어머님 주고받는 인사에
한 지붕 아래 한마음 되어
오늘 같이 하늘 문 열리니
온 동네 소문나 피어나는 웃음꽃

무시로 가슴속에 꽃피는 어머니

불러도 불러도 가슴을 울리는
엄니가 되어 보니 더욱 간절한 마음
마음속에 감싸안아도
언제나 뜨거운 그 이름 어머니

아들 딸 손자들을 보니
더욱 눈시울이 붉어지는 뜨거운 마음
영원히 간직하고 싶은
그 먼 옛날 백발의 모습 그 이름 어머니

한 날의 보람은

한 날 한 시 분주한 시간
무료한 날이 없기에
행복한 날들이다

어둑새벽
동쪽 산날망에 햇살을 보며
오늘은 무엇을 해야 할까
삶의 부스러기를 찾는다

오늘도 뭔가 분주하게
손에 일이 있고 머리에는 생각이 있어
무시로
할 일이 많아 행복한 날들이다

푸르른 날 | 68×40cm

인간의 고향

인간은 하늘을 보고
삶의 울타리에서
숨 쉬며 산다

먹고 입고 살다가
생각하고 웃고 살면서
한생을 산다

사람과 사람 사이에서
하늘과 자연 속에서
생명의 고향 땅으로 간다

4부

자연

自然

산딸나무꽃

꽃이 곱고 아름다워
하얀 꽃이 더욱 아름다워
활짝 피어 주위가 밝은 마음

일 더위에 찾아온 꽃
찔레, 철쭉, 산당화 그리고 들꽃들
산딸꽃이 활짝 피어
허전한 가슴을 달래 준다

비 온 뒤 산딸나무꽃
석간수에 피어나니
더욱 물맛이 좋고 순결하다

꽃이 지고 열매 열면
빨간 열매가 산딸 같다
이름이 좋아 마음에 든다

산딸꽃이 환하게 피면
내 가슴이 잉큼잉큼해진다

단풍 드는 날 | 33×33cm

초가을

살포시 젖어 드는
갈잎 사이 소소리바람
설익은 빛을 머금는다

풀잎 사이 여치는 날고
실낱같은 매미 소리
가을의 전령사인가
귓가에 들리는 노래

새아씨 볼 붉어지듯
물들어 가는 잎새 사이
예전엔 미처 몰랐어요 그렇게 고운 줄
꽃대궐 웃음꽃 되어 피어난다

새봄에 찾아온 손님

눈 사이 헤집고 찾아온 새싹
어른 싹은 애살스러운 웃음
싱그러운 풀잎 사이어도 좋다

긴 겨울 땅속에 잠재워
힘든 추위 견디고 나온 누리 빛
새싹 너는 승자로 찾아온 손님이다

이 봄 새싹과 함께
희망과 보람으로
행복 웃음을 주는구나

벙글어 가는 희망의 새싹
영원한 그리움이다
영원한 사랑이다

사랑의 싹
새봄에 찾아오시는
나의 마음의 손님이어라

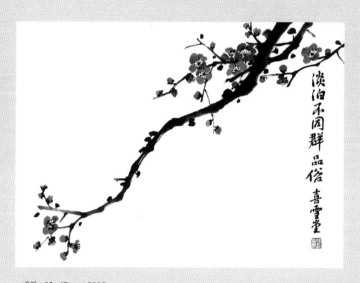

매화 | 35×47cm | 2008

봄에 피는 꽃

한 빛살 실가지에 앉아
봄을 만들어 가는 꽃등

앳된 초록 입술
봄을 알리는 웃음꽃

하얀 눈빛 아래
녹아 흐르는 생명의 소리

봄을 부르는 바람 소리에
웃음꽃으로 피어나는

산수유, 홍매화, 개나리
복수초, 노루귀, 생강나무 꽃

우주의 태동이어라
온 누리 꽃들이어라

박두진 시 〈해의 품으로〉 | 46×70cm | 2007

가을이 오는 소리

파란 하늘은 높아만 가고
가을이 익어 가는 소리
산사에서 소리 되어 들리니
정녕, 가을이 오는 소리인가

매미 소리는 멀어져 가고
가을이 물들어 가는 소리
도랑물 소리 귓가에 들리니
정녕, 가을이 물들어 가는 소리인가

하늘에 구름은 한가로워
가을이 보이는 듯 다가오는 소리
솔가지에 젖는 소리 들리니
정녕, 가을이 피어나는 소리인가

까치 소리

그 먼 곳
고향의 소리가 들려
귀 쫑긋, 반기며 듣는다

기다리는 손님을 만나는 듯
까치 소리가 그리워
오늘도 남쪽 하늘을 바라본다

새해는 좋은 일만 가져다 줄 것 같은
희망의 소리
듣고 싶은 까치 소리
오늘도 기다리며 귀 문을 열어 놓는다

오세영 시 〈강물〉 | 69×68cm | 2005

까치

백의 민족의 상징인 너는
청아하고 순백한 하얀색에
굳세고 견고한 날개 빛 검정으로
동방에 아침 청색을 드리우니
새해 아침 기쁜 소식 너의 지조로
너를 어이 안아 보리

자연의 신비

진주인가 은구슬인가
비 온 뒤 실가지에 초롱초롱
나뭇잎도 꽃잎도 은구슬 머금고
햇살 보며 웃고 있네

산자락 풀잎 끝에도
우리 집 강아지 꼬리에도
은구슬 햇살 보며 웃고 있네

자드락비 지나고 난 뒤
산빛에 해맑은 은구슬
방긋방긋 황홀하게 웃고 있네

우리 집 텃밭에도 물 초롱 열리고
할아버지 수염에도 대롱대롱
피어날 때 내 마음 올망올망 은구슬 열려 있네

황국 | 69×35cm | 2008

안개

산모롱이를 돌아 떠도는 선녀인 양
소리 없이 나타나 바람을 먹고사는
어떤 인물의 그림자도 없이 널뛰는 그대
하나의 산기슭에서 밤이나 낮이나 소리 없는
자연의 생명수여

마음 비키면
매양 홀로 길을 나섰네
뛰어난 경치
나 혼자 안다네
개울물 따라 끝까지
가 보기도 하고
때론 앉아서
피어나는 구름을
보기도 하고
어쩌다 숲속의
늙은이를 만나면
웃고 얘기하느라
돌아갈 줄을 모르네

정유년여름 왕유시를 적다 보람

홍 | 68×34cm

바람의 그림자 2

어여삐 춤추어라
연기 따라 올라오는
한 여인의 춤사위
치맛자락 고이 접어 날려라

바람 따라 돌아라
너울너울 세월 담고
처마 끝에 매달려
하늘 높이 구름 속에 숨어라

살살 비추어라
밝은 창문에 그림자처럼
임 찾아 너들짝 놀아 보고
사랑 노래 가슴에 그려 보아라

물 흐르듯

바다를 그리워하며 산다
산자락 벼랑에서 내려와
불평 없이 세차게 달리고
물고랑 따라 쉼 없이 간다

바다를 그리워하며 산다
먼 여울목을 찾아 흘러간 대로
만나면 친구들 만나 쉬었다가
쉼터에서 너스레 떨고 간다

바다를 그리워하며 산다
끝없는 바다, 하늘 끝자락 만나러
수평선 끝자락에 희망이 있고
마음이 영원한 안식할 곳으로 간다

봄 나들이

여리디 여린 새싹 꽃등 사이
꽃샘바람 몰아치고
햇실 잎 사이에서 숨바꼭질할 때
살랑 봄바람 맞이하면
향기만 남기고 가 버린 그리움

꽃내음 웃음에 가슴만 설레어
봄맞이 너울에 행복한 이 마음
꽃잎 향기에 울렁이는
이내 마음 어이할꼬
오늘도 사랑 꽃 찾아 떠나는 봄나들이

5부

삶

生活

한 지붕 웃음소리 2

한 울안 너른 마당에서
옹기종기 모여 앉아
오늘도 하루 아침을 연다

층층시하 모시고 모셔도
바로 내가 며느리인 것을
어찌하여 손 마를 날이 없어라

아들만 줄줄줄이
큰딸 낳으면 엄마 노릇 한다는데
어이하여 이내 신세
이렇게도 구박스러워
이순이 지났어도 부엌 살림에
앞치맛자락 마를 날이 없어라

울타리에 해바라기는 해만 보고 산다는데
우리 집 강아지는 나만 보고 사노니
그래도, 우리 집 식솔들 한 울타리의 꽃들이어라

해와달

렁녕 온회 있어 받아야 할 몸이
라면 아에 목숨을랑 허공에 앉아
지그한 오리 연기로 울라 구름이
나 되려오 무수한 해와 달 울 동안
에안아보고 샹라 만샹을 발아래
굽어보고 유유히 산악을 넘는구
름이 나 되려오 보랑한 슥회

해와 달 | 68×68cm

하루

동해에 햇살이 피어날 땐
우리네 마음이 눈을 뜨고
온 누리가 열린다

오늘도 한 날
삼백육십오일 눈뜨면 내일
인생길 첫날 하루부터 시작된다

마음의 무게

오늘도 걷는다

하는 일이 많아서
이 짐을 강물에 버리고 싶다

밤이나 낮이나
아침이나 저녁이나
머리끝부터 발끝까지
시간을 계산할 수가 없다

그래도 변함없이 아침 해는 뜨고
하늘을 봐도 여유로움이 없이
가슴에 꽉 차 있다

이렇게 살아야 하나
천당에 가면 뭐라고 대답해야 할지
해가 뜨면 철대문을 열어야 하고
달이 뜨면 하루살이인 양
정리해야 할 시간이
하루를 넘기는 어둑새벽이다

물 한 모금 마시는 시간이 행복하다

정읍사 | 34×33cm

그리움에 쌓인 인연들

파란 하늘에 그대들의 얼굴
그립다 하니 그리워
소슬바람에 웃음꽃 피던 때
정녕, 보고파 그리움에 젖네

바람에 스치는 고운 숨결들의 얼굴
어디간들 잊으리오 그리워라
그 목소리 꿈엔들 잊으리야
정녕, 마음에 피어나는 그리움

어깨동무 한마음 된 얼굴들
그 모습 그 눈빛 그리워
은빛 물결 그리움에 젖어들 때
정녕, 잊지 못할 그대들의 그리움

비밀

어제도 오늘도 늘 그 집이다
집마다 방마다 암호가 있단다
무시로 가는 세월
뭐가 그리 바쁘고 감추어야 할 일들이 많은가
머리에 쥐가 난다

자동차도, 핸드폰도,
그리고 나의 금고 통장까지
가두고, 잠그고 살아야 하는 세상
무엇을 못 믿어 번호에 얽매여 살아야 하는가

세상사 모든 것이 비밀 속에 살아간다
아니, 숫자에 매여 사는 것
버스를 타거나, 은행을 가거나
아니, 집에 앉아 있어도, 밖에 나가도
눈에 보이는 것은 숫자의 비밀을 알아야 한다

머릿속에 비밀이 꽉 채워져 있다
부모와 자식 간에도 비밀의 숫자가 있다
천당, 지옥 갈 때도 가지고 가야 하나
이놈의 숫자 때문에 매여서 끌려가는 죽음의 길
세상이 숫자 속에서 죽고 살아가는구나

林亭秋已晚　騷客意無窮
遠水連天碧　霜楓向日紅
山吐孤輪月　江含萬里風
塞鴻何處去　聲斷暮雲中

栗谷先生詩花石亭戊戌年　仲秋　嘉雲堂　林游姬

한문 율곡 시 | 135×68cm

차 한 잔 마시며

해는 지는데
오늘도 차 한 잔 주문해 놓고 이바구가 시작된다
할 얘기가 뭐 있냐만은

그놈의 정 때문에 차 한 잔을 더 주문한다
집에야 가야겠지만
냉기가 맴도는 하얀 벽들
발걸음이 떨어지지 않는다

그림자가 사라질 때
먼 하늘을 본다
정녕 사람은 안 보이고 잊혀져 가는
아련한 그리움만
하얀 가슴에 쌓인다

오늘도 차 한 잔 놓고
고개 넘고, 물 건너온 삶의 뒤안길에서
되새기면 갈수록 그리움만 쌓인다

밥상

산자락에 아주 작은 텃밭
오늘도 싱그러운 생명수 손짓하네

여울에 흐르는 물빛으로
오늘도 청아한 생명수로 흐르네

어둑새벽 실눈으로 나와
오늘도 푸성귀 생명수 손길에 춤추네

늘 푸른 잎 사이 사랑이 고여
오늘도 한솔 생명수로 꽃피어나네

둥근 상에 떡잎새 접으며
오늘도 한 끼 밥상 생명수로 웃음꽃 핀다

죽 | 69×35cm | 2005

뜻밖의 일

하늘의 신비로
하얀 기쁜 선물을
온 누리에 보내왔어요

아, 가슴이 열리고
기쁨이 충만한 눈꽃 나무들

아, 뜻밖의 일
누가 겨울을
'하얀 옷을 입은
천사가 춤추는 계절'이라 했을까요

살풋한 봄 빛살에
하얀 눈 사이로
생명의 웃음꽃이 피고 있네요

산다는 것

하루가 가고
한 날이 오고
다시 생명의 눈을 뜨면

먹어야 하고
입어야 하고
다시 숨을 쉬며 산다

해가 뜨면 일터로
밤이 오면 쉼터로
이것이 사는 것이다

문
-문은 생명이다

하늘과 땅 사이에
히 많은 곳이 문이다
인간도 태초에 문을 통하여
최초 빛의 문을 보았을 것이다

생명이 존재한다는 것은
바로 숨구멍이 있기 때문이다
이것이 아니면 우주 만물은
존재 가치가 없다

고로, 문은 우주 민물의 생명이다

용비어천가 제2장 | 70×35cm | 2005

이병기 시 〈난초〉 | 29×54cm | 2005

마무리

갈색 들녘
싱그럽게 꽃피우는
한 해의 농사
마음이 부자 된다

만산홍엽
자연을 수놓더니
순간, 찬바람이 스친다

한 고개 넘어가는 세월
그립고 아쉬움만
눈빛으로 감싸며
한 해의 달력을 넘긴다